EL GATO DEL PERIÓDICO

TEXTO NIENKE DENEKAMP

ILUSTRACIONES PETER PONTIAC

PANAMERICANA
EDITORIAL

A altas horas de la noche, el gato del periódico
salió a la calle a divertirse un rato. Cantó un dueto
largo y desafinado con el gato carnicero. Pronto tuvo
que volver al trabajo. Debía asegurarse de que los
trabajadores del periódico permanecieran despiertos.
A diferencia de los gatos, los seres humanos no son
animales nocturnos. Aun así, trabajan de noche
para que a la mañana siguiente la gente pueda leer
el periódico. Durante el desayuno, todos quieren
enterarse de lo que ha ocurrido en el mundo.

En la sala de redacción, una de las redactoras se había
quedado dormida. "¡Esto no puede ser!", pensó el
gato del periódico. "¡Hay que trabajar!".

No había forma de despertar a la chica. Al gato del periódico no se le ocurrió nada mejor que empezar a dar saltos sobre el teclado del computador. "Ekk kekk kkk ek mkk", se leía en la pantalla. El efecto no se hizo esperar. La redactora se incorporó de inmediato.

—¡Largo, gato! —exclamó—. Tengo que escribir una crónica importante.

El fotógrafo estaba tomando café tranquilamente, en lugar de salir a fotografiar el incendio que se había formado en la ciudad. "De esto me encargo yo", pensó el gato del periódico.

Sacó las uñas y se colgó de la bufanda del fotógrafo.

—¡Huy! —se sobresaltó el fotógrafo—. ¡Largo, gato! No estoy para tonterías.

Y salió corriendo.

Luego, el gato fue a ver al diseñador, quien se encargaba de componer las páginas del periódico. Al parecer, tenía tiempo de sobra. Estaba bromeando por teléfono. Debajo de la mesa, un perro perezoso roncaba a pierna suelta.

"No debo perder ni un solo minuto", pensó el gato del periódico. Tomó impulso y se abalanzó sobre el perro. El animal pegó un brinco, sacudiéndose de encima toda la pereza.

Como estaba atado a la mesa, la arrastró consigo, y esta arrastró a su vez al diseñador, que estaba apoyado en ella. ¡Todos saltaron por el aire!

—¡Largo, gato! —exclamó el diseñador al incorporarse y mientras trataba de calmar al asustado perro.

El gato del periódico se acercó a comprobar si los impresores ya habían puesto manos a la obra. ¡Qué va! De la imprenta apenas salía ruido.

Los empleados estaban jugando cartas, rodeados de unos enormes rollos de papel. La imprenta funcionaba a media marcha. "Esto está mal", pensó el gato del periódico.

Sin dudarlo ni un solo segundo, volcó un recipiente con tinta, pisó el charco y atravesó la sala de impresión dejando huellas negras por todas partes.

—¡Eh, gato! ¡Fuera de aquí! —gritaron los impresores.

Trataron de atraparlo, pero el gato se escapó. Entonces los impresores miraron el reloj e hicieron trabajar las prensas de la máquina a máxima velocidad. Ahora sí que tenían prisa.

En la bodega, los repartidores estaban
jugando un partido de fútbol. Las alforjas de
sus bicicletas estaban repletas de periódicos
listos para entregar, pero ellos no mostraban
la menor intención de ponerse en camino.

"¡Vamos! ¡Dense prisa!", pensó el gato. "Falta poco para que sea de día". Se dirigió a una de las bicicletas y clavó sus uñas en el neumático.

Enseguida se acercó un repartidor.

—¡Fuera de aquí, gato! ¡No quiero quedarme sin bicicleta! La gente está esperando el periódico. No hay tiempo para pinchazos.

Y salió a repartir su mercancía.

Ya había amanecido. El gato del periódico
estaba cansado. "Me gustaría ir a dormir",
pensó, "pero primero tengo que recompensar
a los empleados del periódico. Han trabajado
duro y he sido muy estricto con ellos".

Volvió sobre sus pasos con trote ligero, dispuesto a
restregar su cabeza contra todo el que se dejara.

Como ya todos los repartidores se habían marchado, al gato del periódico no le quedó más remedio que restregarse contra la bomba infladora. Acto seguido, pasó a ver a los impresores.

Después de restregarse contra ellos...

... pasó a ver al diseñador.

Después de restregarse contra él, pasó a ver al perro perezoso.

Después de restregarse contra él, pasó a ver al fotógrafo.

Después de restregarse contra él, pasó a ver a la redactora.

Se restregó contra ella.

Cada caricia iba acompañada de un maullido.

¡Listo! De un salto, el gato del periódico se subió a una altísima pila de periódicos. A todos les hizo tanta gracia que estallaron en risas.

—¡Ay, gato, qué bien vives! —exclamó la redactora—. Te pasas la noche jugando y durante el día te echas encima de un periódico viejo. Y cuando te entra hambre basta con que te pongas a maullar.

El gato del periódico no se dio por aludido.

Al gato del periódico le sirvieron
un pescado sobre un periódico.

Después de hartarse de comer,
se limpió las patas a lametazos y
cerró los ojos.

Se diría que esbozaba una sonrisa.

¡Buen trabajo, gato!